AF561071

DE GOLCO…

OPERA

EN TROIS ACTES,

REPRÉSENTÉ,

POUR LA PREMIÈRE FOIS,

PAR L'ACADEMIE-ROYALE

DE MUSIQUE,

En 1766.

Et remis au théâtre le Mardi 26 Mai 1772.

PRIX XXX. SOLS.

AUX DÉPENS DE L'ACADÉMIE.

A PARIS, Chés DE LORMEL, Imprimeur de ladite Académie, rue du Foin, à l'Image Sainte Genevieve.

On trouvera des Exemplaires du Poeme à la Salle de l'Opera.

M. DCC. LXXII.

AVEC APPROBATION ET PRIVILEGE DU ROI.

Les Paroles ſont de M. SEDAINE.

*La Muſique eſt de M. *****

LE sujet D'ALINE, Reine de Golconde, est si connu, qu'il pourroit se pâsser de Programme ; en effet, qui ne sait pas que ST. PHAR, Gentilhomme Français, à peine adolescent, rencontra l'innocente ALINE dans un vallon, au lever de l'aurore.

Se voir, s'aimer, se le dire, ne fut pour ce joli couple que l'affaire d'un instant. ST. PHAR, forcé de quitter sa bergère, lui donna un anneau d'or, qu'il la pria de conserver toute sa vie.

Quelques années après, par un de ces événements qui n'ont pas besoin de preuve, ALINE devint Reine de Golconde. Le cœur toûjours occupé de son premier amour, elle fit arranger dans son parc un lieu semblable à celui où elle avoit connu ST. PHAR.

Par un événement, peut-être aussi singulier, ST. PHAR quitte la France, pâsse dans les Indes, & est nommé Ambassadeur vers la Reine de Golconde : il en est reconnu ; (*premier Acte*) elle se présente à lui, habillée en bergere ; (*second Acte*) & ils s'aiment, comme le premier jour ; (*troisième Acte.*)

L'Hiſtoire ne dit pas que ST. PHAR monta ſur le thrône de Golconde ; mais ALINE a ſans doute fait pour ST. PHAR, ce qu'Angélique a fait pour Medor.

ACTEURS CHANTANTS
DANS LES CHŒURS.

Côté du Roi.		Côté de la Reine.	
Meſdemoiſelles.	*Meſſieurs.*	*Meſdemoiſelles.*	*Meſſieurs.*
d'Hautrive.	Cailteau.	du Puis.	l'Écuyer.
Girardin.	Héri.	d'Agée.	Tourcati.
Garrus.	Vatelin.	Jouette.	Pâris.
la Guerre.	Lagier.	Chenais.	Marnieſſe.
de Laurette.	Van-Hecke.	de l'Or.	Ghuiot.
Durand.	Martin.	des Roſieres.	Larſſure.
Fontenet.	Larlat.	de Merei.	Capoi.
Veron.	Deſſart.	Denis, l.	Bourgouin.
Renard.	Daban.	S. Julien.	Chardon.
le Queulx.	Méon.	la Barre.	Boi.
Rouxelin.	Beghaim.	Desjardins.	Laurent.
Duval.	Cleret.		Huet.
	Tacuſſet.		Itaſſe.
	Baillion.		Parant, c.
	Cazal.		Jalaguier.
	de Lori.		Jouve.
	Deſormeri.		Noelle.
	Fagnan.		Lainé.

ACTEURS.

ALINE, *Reine de Golconde*, Mde. l'Arrivée.

ZÉLIS, *amie & confidente de la Reine*, Mlle. Rosalie.

USBEK, *Seigneur Golcondois*, M. Muguet.

St. PHAR, *Général français*, M. l'Arrivée.

UN OFFICIER FRANÇAIS, M. La Suze.

USBEK *en Berger François*, M. Muguet.

UNE BERGERE, Mlle. Chateauneuf,

UN OFFICIER GOLCONDOIS, M. Cavalier.

UNE PAYSANNE, Mlle. Chateauneuf.

UN PAYSAN, M. Durand.

PERSONNAGES DANSANTS.

ACTE PREMIER.

UN FRANÇOIS.

M. GARDEL.

GOLCONDOIS.

Mrs. BEAULIEU, GALLET, DES PRÉAUX.

Mrs. Dauvigny, James, Henri, Rivet, Duchaîne, Huart, Lefevre, Hennequin, l.

GOLCONDOISES.

Mlles. d'Elfevre, Gaudot, Rofette, Martin, Jonveau, le Hou, Lallin, Dumefnil.

JEUNESSE GOLCONDOISE.

Mlle. GUIMARD.

Mlles. le Bel, Gertrude, Thevenet, de l'Orme, Sidonie, Louifon, Dauvilliers, Lolotte.

ACTE SECOND.

BERGERS & BERGERES.

M. SIMONIN, Mlle. GUIMARD.

M. GIROUX, Mlle. JULIE.

Mrs. Leger, Simonin, c., Granier, Doffion, Abraham, Lefevre.

Mlles. des Forges, Gallet, des Haies, Adelaïde, Lolotte, Adrienne.

PASTRES & PASTOURELLES.

M. d'AUBERVAL, Mlle. ALLARD.

Mlle. PESLIN.

M. MALTER, Mlle. COMPAIN.

M. la Rue, Giguet, Lieſſe, Guillet, Aubri, le Doux.

Mlles. Sidonie, Gertrude, Dauvilliers, Louiſon, du Mont, le Bel.

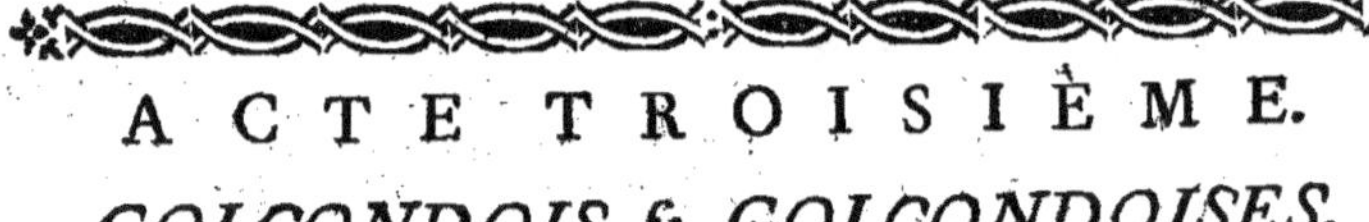

ACTE TROISIÈME.

GOLCONDOIS & GOLCONDOISES.

M. VESTRIS.

M. GARDEL, Mlle. ASSELIN.

M. MALTER, Mlle. COMPAIN.

Mrs. Gallet, Dauvigni, James, Henri, Trupti, Duchaiſne, Huart.

Mlles. d'Elſevre, Gaudot, Roſette, Martin, Jonveau, le Hou, Lallin, du Meſnil.

BERGERS & BERGERES.

M. SIMONIN, Mlle. D'ERVIEUX.

Mrs. Simonin c. Doſſion, Leger, Abraham, le Fevre, Granier.

Mlles. des Forges, Gallet, Deshaies, Lolotte, Adrienne, Adelaïde.

LA REINE.

LA REINE DE GOLCONDE.

ACTE PREMIER.

Le théâtre représente un Sallon orné magnifiquement dans le goût asiatique; sur l'un des côtés est un thrône, élevé au-dessus du parquet, de plusieurs gradins.

SCÈNE PREMIÈRE.

(*Les grands Seigneurs Golcondois sont supposés attendre la* REINE *: l'un d'eux est au côté gauche du thrône; il se nomme* USBEK.)

USBEK, *Golcondois.*

LE *CHŒUR.*

CHANTONS la Reine de Golconde!
Qu'elle soit toûjours

Les amours,
La gloire & le bonheur du monde.

USBEK.

Qu'un profond respect vous enchaîne,
Prosternés-vous ; voici la Reine.

SCÈNE II.

LA REINE, *le visage, en partie couvert, de son voile*, ZÉLIS, USBEK, *suite de la* REINE, MANDARINS.

(*Marche Golcondoise : la* REINE *arrive, précédée & suivie de son cortege ; tous les* GRANDS *se prosternent :* ZÉLIS *parle à* USBEK, *qui fait un signe de la main, & les* MANDARINS *se retirent dans le fond de la scène.*)

LA REINE.

Zélis, ah ! je me meurs : c'est lui ; oui, c'est lui-même.

ZÉLIS.

Quoi, ce français ?

LA REINE.

St. Phar ; celui que j'aime.

Zélis, tous mes ſecrets ſont écrits dans ton cœur ;
Tu conſoles ta Souveraine
Du pénible & brillant honneur,
De cacher la foibleſſe humaine
Sous le voile de la grandeur.
Ce français, ce guerrier, c'eſt St. Phar, c'eſt lui-même.

ZÉLIS.

Craignés de vous tromper ; c'eſt peut-être une erreur.

LA REÏNE.

Qui pourroit ſe tromper en voyant ce qu'il aime ?
Un regard m'a ſuffi : c'eſt ſa marche, ſes traits,
C'eſt lui, c'eſt lui ſans doute.... à mon bonheur ſuprême
Il manquoit, & le ciel... Il entre en ce palais ;
Je vais le voir...

USBEK.

L'ambaſſadeur s'avance.

LA REÏNE.

Qu'il rempliſſe mes vœux & mon impatïence.

USBEK.

Que le général des français
Soit introduit dans le palais.

SCÈNE III.

Les ACTEURS *de la scène précédente.*

ST. PHAR, OFFICIERS *français.*

(*Marche des français : l'Ambassadeur entre ; précédé & suivi de son cortege ; la Reine se couvre de son voile en voyant St. Phar.*)

ST. PHAR.

GÉnéral des français, fixés sur ces rivages,
Je viens renouveller, à votre avénement,
Et les respects & les hommages,
Qu'ils doivent à des loix dont le trône est garant.
Qu'il est flatteur pour moi d'en faire le serment
Aux piés d'une illustre princesse !
Hé, quel français ne seroit enchanté
De remplir un traité, que dicte la sagesse,
Sous l'empire de la beauté !

USBEK.

La Reine connoît votre zele,
Son cœur ne l'oublîra jamais ;
Elle veut, qu'en ce jour, une constante paix
Entre elle & vous se renouvelle.

St.-PHAR.

Si jamais
Du ſein des montagnes,
L'ennemi venoit dans vos campagnes
Répandre l'horreur,
L'effroi, la terreur;
Sûrs avec vous de la victoire,
Nous partagerons votre gloire :
Oui, pour deffendre vos états,
Employés nos cœurs & nos bras
Dans les combats :
Pour un français c'eſt un bonheur
De ſe livrer à ſa valeur.
Illuſtre Reine,
L'honneur nous mene;
Et s'il paroît quelqu'ennemi,
Offrés-nous, offrés-nous à lui :
Faut-il l'attendre
Ou le chercher ?
Nous ſerons tous, pour vous deffendre,
Prêts à marcher.

USBEK & le CHŒUR des Français.

Oui, pour deffendre vos états,
Employés nos cœurs & nos bras

Dans les combats :
Pour un français, c'est un bonheur
De se livrer à sa valeur :
Illustre Reine,
L'honneur nous mene ;
Et, s'il paroît quelqu'ennemi,
Offrés-nous, offrés-nous à lui :
Faut-il l'attendre,
Ou le chercher ?
Nous serons tous, pour vous deffendre,
Prêts à marcher.

(*Zélis monte quelques marches du Trône, la Reine lui parle ; Zélis redescend, & dit à St. Phar.*)

ZÉLIS.

Ne quittés pas si-tôt ce fortuné séjour ;
La Reine vous invite aux fêtes de sa Cour.

(*On reprend la marche des français, pendant la sortie de l'Ambassadeur & de la suite de la Reine.*

SCÈNE IV.

LA REINE, ZÉLIS.

LA REINE.

AH, Zélis ! .. la fortune en m'élevant au thrône
Enchantoit mes esprits, sans contenter mon cœur,
Et tout l'éclat qui m'environne,
Ne faisoit rien pour mon bonheur ;
Il est au comble, & le sceptre en mes mains
Est de l'Amour la faveur la plus chere,
Puisqu'il peut de St. Phar embellir les destins.

ZÉLIS.

Hélas ! sous un autre hémisphere,
Si de vos nœuds son cœur a su se délier,
Alors que prétendés-vous faire ?

LA REINE.

Lui dérober mon sort, gémir, & l'oublier.

ZÉLIS.

L'oublier !

LA REINE.

L'oublier ! ce mot me désespere.

ZÉLIS.

Par quels ressorts secrets, par quels moyens heureux,
Saurés-vous si son cœur est fidele à ses feux ?

LA REINE.

Tu connois ce gâson, arrosé de mes larmes,
Ce hameau, par mes soins élevé sous mes yeux,
Ce bocage, si plein de charmes,
Ce bosquet, si délicïeux ;
C'est l'image des lieux, où mon âme charmée,
S'est voüée à l'objet, que je n'ai pu bannir :
C'est-là que mon âme calmée,
Jouït de son ressouvenir,
Et je le vois ! ... Demain, quand l'aurore naissante
Aura couvert de fleurs ce bosquet amoureux,
Que ses premiers regards, jettés sur son amante,
Rappellent, s'il se peut, ses serments & ses feux.

ZÉLIS.

Vous, reine, & dans Golconde ! il vous verra présente ?
Il n'en pourra croire ses yeux.

LA REINE.

(*Elle lui donne un anneau qu'elle tire de son doigt.*)
Prends cet anneau : si de ce gage
Il ne reconnoît pas le prix ;

LA

Si le lieu, ſi l'inſtant & le même bocage,
Si ſon Aline, offerte à ſes regards ſurpris,
Ne dit rien à ce cœur, dont le mien eſt épris;
Qu'il parte.... il ne ſaura jamais que dans Golconde
Son Aline n'aimoit, ne reſpiroit que lui;
Qu'à mes vœux quoique tout réponde,
Il eſt l'unique bien que je deſire ici.

Toi, qu'avec des traits de flâme
L'Amour grava dans mon cœur,
Eſt-il reſté dans ton âme,
Des traces de notre ardeur?

Cette Aline, dont l'aurore
S'embelliſſoit de tes feux,
Peut-elle eſpérer encore
D'être digne de tes vœux?

Si jamais d'un cœur ſincere,
L'Amour reçut le ſerment,
C'eſt celui qu'une bergere,
Fit alors à ſon amant.

Serment, que, baignés de larmes,
Nous répétâmes cent fois,
Auriés-vous perdu vos charmes?
Auriés-vous perdu vos droits?

SCÈNE V.

LA REINE, ZÉLIS, USBEK.

(*Pendant la ritournelle de l'air précédent, Usbek entre, s'approche de Zélis; il est supposé lui parler: Zélis s'avance vers la Reine.*)

ZÉLIS.

O Reine! . .

LA REINE.

Je t'entends; la fête est commencée.
Viens remplir le projet qui s'offre à ma pensée.

SCÈNE VI.

(Le théâtre change & représente une place publique.)

USBEK, PEUPLES GOLCONDOIS.

CHŒUR des Peuples.

VIve l'honneur du nom français,
Que dans Golconde
Règne la paix;
Que tout à nos desirs réponde:
Que dans Golconde
Règne la paix!
Que sur la terre & que sur l'onde
Une tranquillité profonde,
Laisse circuler les bienfaits
Et les trésors du monde.

Vive, &c.

(On danse.)

ZÉLIS, à ST. PHAR.

Sur les bords charmants de la Seine,
Si quelque belle excite vos regrèts,

Pour l'oublïer, livrés-vous aux attraits
D'une nouvelle chaîne.

Des regrèts la trace profonde,
Doit s'effacer ſous de nouveaux deſirs ;
Le Gange, ſur ſes bords, vous offre des plaiſirs
Auſſi purs que ſon onde.

Sur les bords, &c.

SCÈNE VII.

(*Entrée de la jeuneſſe Golcondoiſe, portant des bouquèts.*)

(*On danſe pendant les ritournelles qui ſont dans le Chœur ſuivant.*)

ZÉLIS, JEUNESSE GOLCONDOISE, & *les* ACTEURS *de la ſcène précédente.*

ZÉLIS a deux bouquets, un de diamants; l'autre de fleurs; elle les préſente à ST. PHAR.

DAns nos climats l'éclat le plus divin,
Plus qu'en tout lieu, fait briller la nature:
Voici les tréſors de ſon ſein;
En voilà la parure.

(*ZÉLIS lui préſente le bouquet de diamants.*)

ZÉLIS & le CHŒUR.

Voici les tréſors, &c.

(*On danſe.*)

ZÉLIS, à ST. PHAR, *en lui donnant le bouquet de fleurs.*

Prenés ces fleurs, admirés leur beauté;
Respirés-en l'odeur enchantereſſe:
Quelle charmante volupté!
Ah, quelle douce ivreſſe!

ZÉLIS & le CHŒUR.

Quelle charmante volupté!
Ah, quelle douce ivreſſe!

(*On danſe.*)

ZÉLIS à ST. PHAR.

Eſt-il un ſort, qui faſſe des jaloux,
Que dans ces lieux l'Amour ne vous promette,
Ce dieu réuniroit pour vous
Le ſceptre & la houlette.

ZÉLIS & le CHŒUR.

Ce dieu réuniroit pour vous
Le ſceptre & la houlette.

(*On danſe.*)

St. PHAR.

Le parfum de ces fleurs, ces odeurs étrangeres
Appesantissent mes paupières.

(*On danse.*)

SCÊNE VIII.

USBEK, *à ZÉLIS.*

USBEK arrive du fond du théâtre, & dit à ZÉLIS.

PLongé dans un profond sommeil,
St. Phar est transporté dans ce séjour champêtre
Qui doit s'offrir à son reveil,
Et nul français ne peut connoître...
Mais que vois-je!..

SCÊNE IX.

Les ACTEURS *précédents, un* OFFICIER *français, à la tête des autres Officiers.*

L'OFFICIER français.

Est-il vrai que le chef des français
De ces lieux vient de dissparoître ?
Dites-nous, dites-nous en quels lieux il peut être,
Ou de notre fureur redoutés les effèts.

USBEK.

Guidé, par l'un de nous, à l'ombre du misstere,
Il est entré dans le palais.
Est-ce à nous de parler de ses desseins secrèts
Quand il ordonne de les taire!

L'OFFICIER dit aux soldats français.

Amis, veillons aux portes du palais.

(Ils se retirent.)

(On danse.)

FIN DU PREMIER ACTE.

ACTE

ACTE SECOND.

Le théâtre représente un joli bocage ; dans le fond un paysage charmant ; un village sur le revers d'une colline, plus loin est un château, dont les jardins dominent sur la plaine : entre le paysage & le bocage, coule un torrent, sur lequel est un pont, fait avec des arbres, couchés sans art.

SCÈNE PREMIÈRE.

(*L'instant est le lever de l'Aurore.*)

ST. *PHAR.*

RÉVÉ-JE.... où suis-je ?.... dans quels lieux ?
Que la nature paroît belle
En ce moment délicieux !....
Le jour naît... il s'éleve... il embrasse les cieux ;
L'air se remplit d'une fraîcheur nouvelle ;

La terre ſemble reſpirer;
Tout revit, tout ſe colore:
Tout dit au cœur de ſoûpirer;
Que de beautés vont éclore!
Le doux zéphir vient ſe joüer
Dans les perles que l'Aurore
Aime à répandre, pour parer
Le ſein brillant de Flore.

Tout ici me rappelle un ſoûvenir charmant!
Ce fut dans un même bocage,
A la même heure, au même inſtant
Que mon cœur partagea l'hommage
De l'amour le plus conſtant.
Aline! Aline! ô doux moment!

Jamais ſur un plus beau thrône,
L'amour n'éleva deux cœurs;
Jamais plus belle couronne,
Ne coûta moins aux vainqueurs.
Tu parois, & tout annonce,
Entre nous le plus beau feu;
Un regard fit mon aveu;
Un ſoûpir fut ta réponſe.

Aline, chere Aline! au bout de l'univers,
Aline, envain mon cœur t'appelle;
Les gouffres immenſes des mers

Sont une barrière éternelle,
Et mes accents se perdent dans les airs !

SCÊNE II.

ALINE, ST. PHAR.

(*ALINE paroît sur la hauteur du côteau qu'elle descend.*)

ST. PHAR.

MAIS qu'apperçois-je ? une bergere !
Elle parut ainsi, des fleurs pour ornement;
Une corbeille, une taille légere;
Elle pâssoit ainsi sur un pont chancelant,
En tremblant.
Je crois voir les mêmes graces,
Son air, ses pas enchanteurs :
J'enviois le sort des fleurs
Qui se courboient sur ses traces.
Je les envie encor. Amour ! tu me menaces.
Mais le charme du sommeil
Suspend-il encor mes esprits ?
Est-ce l'éclat du réveil
Qui trompe mes regards surpris ?
Mon jugement s'égare, ou mon cœur imagine
Qu'Aline....

ALINE.

Quoi, Seigneur?

St. PHAR.

Vous vous nommés Aline?

ALINE.

C'eſt mon nom.

St. PHAR.

Votre nom?

ALINE.

Oui, Seigneur.

St. PHAR.

Ah, dieux! quel eſt mon trouble extrême!
Comment! cette Aline, que j'aime,
Quoi, vous!... non, non c'eſt une erreur.
Où ſuis-je? & dans quels lieux?

ALINE.

Vous êtes ce Seigneur,
Dont le jardin ſur la plaine domine:
St Phar.

St. PHAR.

St. Phar !

ALINE.

Voici votre château ;
Et moi j'habite ce hameau,
Que nous cache cette colline.

St. PHAR.

Que dites-vous ? o ciel ?... eſt-il rien de pareil ?

ALINE.

Je ne vous dis point un menſonge.

St. PHAR.

Amour, Amour, ſi c'eſt un ſonge,
Que mes jours ne ſoient qu'un ſommeil !

Ce château... ce hameau... ces bois... cette coline...
Ses regards... ſes accents... c'eſt elle, c'eſt Aline !

Que ce ſoit un enchantement,
Ou la vérité, que j'implore,
Chere Aline, je t'adore,
Je ſuis toûjours ton amant !

Je rappelle mon ferment;
Oui, je le répête encore,
Chere Aline, je t'adore,
Je fuis toûjours ton amant!

ALINE.

Ma bouche n'a qu'un langage,
L'exprefsïon de mon cœur;
Je vous aime, je m'engage;
Que je fixe votre ardeur:
Soyés à moi, fans partage,
Je ferai votre bonheur;
Recevés-en, comme un gage,
Ce ruban & cette fleur.

(*Elle lui donne une fleur, à laquelle eft attaché un ruban.*)

ST. PHAR.

(*Il retrouve à fon doigt l'anneau qu'*ALINE *tenoit de lui.*)

Ah! que n'ai-je un anneau.... que vois-je? c'eft le même,
C'eft ce gage de ma foi;
C'eft celui de ce que j'aime?
Ah! fans doute, il eft à toi.

(*Il lui donne cet anneau.*)

ALINE.

Aline, Aline vous adore,
Le tendre Amour comble ses vœux.

St. PHAR.

Aline, c'eſt toi que j'adore;
Le tems ne peut rien ſur mes feux;
Aline, vous m'aimés encore?
Le tendre amour comble mes vœux.

ENSEMBLE.

Que nos chaînes ſoient éternelles,
Ne les briſons jamais;
Que nos cœurs ſoient toujours fideles.
Amour, ah, quels bienfaits!

ALINE.

Aline, &c.

St. PHAR.

Aline, &c.

St. PHAR.

Mais, dites-moi...

(*ALINE fait un ſigne, & des BERGERS & BERGERES paroîſſent ſur la colline.*)

ALINE.

J'entends nos bergers, nos bergeres,
Ils paroîſſent ſur ce côteau:

C'eſt en ce jour la fête du hameau ;
Voyés leurs jeux, & leurs danſes légeres.
Je vous quitte un inſtant, je reviendrai ; reſtés.

ST. PHAR.

Aline, o ciel! vous me quittés.

ALINE.

Je le dois.

ST PHAR.

Je vous ſuis.

ALINE.

Reſtés.

ST. PHAR.

Vous me quittés !

ALINE.

Une raiſon puiſſante
M'arrache, hélas! au bonheur qui m'enchante.

ST. PHAR.

Ah ! ſi je ſuis un inſtant ſans vous voir,
Tout ceci n'eſt qu'un ſonge, & je perds tout eſpoir.

ALINE.

Sous cet ombrage
Arrêtés un moment ;

Je

Je vais, je cours au village
Je reviens à l'inſtant.
  De ce bocage
Ne vous éloignés pas;
Pour retarder mes pas,
Je trouve trop d'appas
  Dans ce bocage.

Sous cet &c.

St. PHAR.

Hélas! hélas!

SCÊNE III.

St. PHAR, USBEK, BERGERS & BERGERES.

St. PHAR.

(*On danse.*)

HABITANTS de ces lieux, connoissés-vous Aline ?

USBEK.

Si nous la connoissons !

UNE BERGERE.

Écoutés, écoutés nos chansons !

USBEK & la BERGERE.

C'est Aline
Qui fait nos plaisirs ;
Cette bergere est divine :
C'est Aline,
Qui de nos loisirs,
Sait éloigner les soûpirs.

USBEK, ſeul.

Loin des armes,
Les allarmes,
Ne nous font point verſer de larmes;
Sa tendreſſe,
Sa ſageſſe
Répand le bonheur ſur nos jours.

LE *CHŒUR.*

Aline eſt nos amours;
Qui pourroit en troubler le cours?

USBEK & la BERGERE.

C'eſt Aline, &c.

USBEK.

Les plaiſirs que fait ſa préſence
Sont pour nous
Des plaiſirs ſi doux!
Ce ſont ceux de la bienfaiſance;
Mais que ces moments là ſont courts!

LE *CHŒUR.*

Aline eſt nos amours;
Qui pourroit en troubler le cours?

C'eſt Aline, &c.

(*On danſe.*)

UN *BERGER & une BERGERE.*

C'eſt à ces lieux que l'Amour doit la naiſſance ;
C'eſt dans le ſilence
De nos bois
Qu'il aime à dicter ſes loix ;
S'il y fait répandre des pleurs,
C'eſt pour faire éclore les fleurs
Dont ce dieu badin
Pare ſon ſein,
Quand il préſide à notre deſtin :
Dans l'inſtant le plus doux
Pour nous,
Peut-il remplir nos vœux
Mieux !

Une bergere,
Long-tems ſevere,
Perd le tems
Charmant de ſon printems :
La réſiſtance
De l'innocence,
Contre les traits qu'il lance

Fait briller la puiſſance
De ce dieu
Qui des cœurs ſe fait un jeu.
C'eſt à ces lieux, &c.

(On danſe.)

ST. PHAR.

Son retour ſeroit-il retardé par ces jeux ?
Pourquoi me forçoit-elle à reſter en ces lieux ?

(Il ſort, & à l'inſtant indiqué d'une des entrées il accourt, & croit reconnoître ALINE *dans la Bergere qui danſe.)*

Que ces bergers ſont heureux !
L'Amour ſeconde leurs vœux !
Aſile
Tranquille,
Vous êtes fait pour eux.

Ah, que pour un tendre amant,
Le tems coûle lentement !
La peine,
La gêne,
Augmente mon tourment.

Aline, tu ne viens pas !

Je voudrois hâter tes pas :
Mon trouble,
Redouble ;
Accours, viens dans mes bras.

Mais quel ſoupçon dans mon cœur
Vient ſuſpendre mon bonheur ?
Je doute,
J'écoute
Un eſpoir trop flatteur.

(*On danſe.*)

USBEK.

L'Amour fuit les lambris dorés ;
Il aime à voltiger ſur les vertes prairies :
C'eſt à l'ombre des bois, ſur l'émail de nos prés,
Qu'il enchaîne de fleurs ſes compagnes chéries.
La ſplendeur,
La grandeur
L'importune,
Et c'eſt ici qu'il vient ſe conſoler
De ſe voir immoler
A la fortune.

USBEK, la BERGERE & le CHŒUR.

L'Amour fuit les lambris dorés ;
Il aime à voltiger ſur les vertes prairies :
C'eſt à l'ombre des bois, ſur l'émail de nos près,
Qu'il enchaîne de fleurs ſes compagnes chéries.

(*On danſe.*)

St. PHAR.

Bergers, cette Aline charmante
Que célébroient vos chanſons,
Doit-elle, au gré de votre attente,
Reparoître bientôt pour orner ces vallons ?

UN BERGER.

Jamais le même jour ne la voit reparoître
Dans ce ſéjour heureux, que chérit ſa bonté :
Ici dans quelques jours, peut-être,
Nous reverrons cette beauté.

St. PHAR.

Dans quelques jours... o ciel ! dévoilons ce miſtere ;

Voyons ce qu'il faut que j'eſpere ;
Diſſipons cette obſcurité.

(*Alors* St. Phar *impatienté, monte par le chemin qu'* Aline *a parcouru ; &, monté ſur la coline, on apperçoit des ſoldats golcondois qui le ſuivent & l'entourent.*)

(*On danſe.*)

SCÊNE

SCÊNE IV.

USBEK *& les* BERGERS *&* BERGERES.

USBEK.

QUITTÉS, quittés cette retraite ;
De votre zele, enfants, la Reine eſt ſatisfaite.

USBEK & la BERGERE.

Aimés, aimés toûjours
Votre bergere
La plus chere :
Aimés, aimés toûjours
Celle qui règne ſur vos jours.

LE CHŒUR.

Aimons, aimons toûjours, &c.

USBEK.

Les fleurs ont moins de grâces ;
Sur ſes traces
Eſt l'Amour ;
Et c'eſt dans ce ſéjour,
Qu'il a fixé ſa cour.

LE CHŒUR.

Aimons, aimons, &c.

USBEK & la BERGERE.

Formés, formés des vœux.

LE CHŒUR.

Formons des vœux.

USBEK & la BERGERE.

Prïés, prïés les dieux.

LE CHŒUR.

Prïons, prïons les dieux,
Que le ciel donne à ses vœux,
Les succès les plus heureux.

Aimons, aimons toûjours
Notre bergere
La plus chere, &c.

(*Le Chœur, en s'en allant, reprend*)

Aimons, aimons, &c.

FIN DU SECOND ACTE.

ACTE TROISIEME.

Le théâtre repréſente l'intérieur d'un palais dans le goût aſiatique ; des fleurs, des caſſolettes, des tapis riches, en font les ornements.

SCÈNE PREMIÈRE.

St. PHAR *entre, précédé & ſuivi par des ſoldats armés, ſuivant le coſtume Golcondois : on pôſe des gardes à toutes les iſſues de l'appartement.*

St. PHAR.

SUIS-JE en France ? ſuis-je en Aſie ?
A Golconde, ou dans ma patrie ?
Je ne trouve dans mon cœur
Qu'incertitude & que fureur.

Ce ſpectacle enchanteur ne peut être un menſonge;
C'eſt Aline... ce ſont ſes accents... ſes appas:
Je doute encor ſi ce n'eſt point un ſonge...
Je la cherche... je vole... on arrête mes pas;
On m'arrête!.. le ſort me plonge
Dans un dédale affreux, que je ne conçois pas.
Suis-je en France, ſuis-je en Aſie,
A Golconde, ou dans ma patrie?

O vous, qui me gardés, par ordre de la cour,
Dites moi, dites moi ſi, près de ce ſéjour...
Mais je les interroge en vain,
Nul ne répond... o ciel! quel ſera mon deſtin?

O toi, que mon cœur adore,
Et qu'il n'oublïa jamais,
Quoi! je te perdrois encore;
Et frappé de nouveaux traits,
Il ne reſteroit dans mon âme
Que l'ardent deſir de te voir;
Que la vérité de ma flâme
Et le vuide du déſeſpoir?

SCENE II.

ZÉLIS, ST. PHAR.

ZÉLIS.

SEigneur, par ordre de la Reine,
Je viens vous annoncer le plus parfait bonheur.

ST. PHAR.

Seroit-ce Aline?

ZÉLIS.

Quoi?

ST. PHAR.

Parlés!

ZÉLIS.

Ma ſouveraine,
Vous offre & ſa main & ſon cœur.

ST. PHAR.

A moi!

ZÉLIS.

Seigneur, ſi la valeur ſuprême,
Si les héros ſont les appuis des rois,

Si la vertu mérite un diadême,
Sur qui doit-elle ici laiſſer tomber ſon choix?

St. P H A R.

Pardonnés à mon trouble extrême...
Mais dites-moi ſi, non loin de ces lieux,
Une françaiſe, une bergere,
(Son éclat eſt trop précïeux
Pour ne pas illuſtrer une terre étrangere.)
Aline, que mon cœur... ah, vous la connoiſſés!
Vous ne répondés point?

Z É L I S.

Seigneur, puis-je répondre?
Un tel diſcours a droit de me confondre:
Vos regards juſques-là ſe ſont-ils abaiſſés?

St. P H A R.

Eſt-il un rang qu'Amour connaiſſe?
Les moins brillants, ou les plus hauts,
Soit qu'il s'éleve, ou qu'il s'abaîſſe,
Tous les dégrés lui ſont égaux.

Je la verrois, & je pourrois lui dire,
Voilà ma main; ah, que n'ai-je un empire!
Aline, ſois conſtante, & je n'envîrai rien:
Hé, qu'envïer, après ton bonheur, & le mien?
Eſt-il, &c.

ZÉLIS, *à part.*

Il l'aime ; pour ſon cœur quelle félicité !

(*à* St. Phar.)

Eſt-ce indifference ou fierté ?
Je vous offre une couronne,
C'eſt la Reine qui la donne :
L'eſprit, l'amour, la beauté
Vous attendent ſur le trône ;
Et, loin d'écouter ſes vœux,
Vous parlés d'une étrangere,
Vous parlés d'une bergere,
Et du choix le plus honteux !
Quoi ! la ſuprême puiſſance,
Miſe à l'inſtant dans vos mains ;
La profonde obéiſſance
Et le reſpect des humains ;
Quoi ! la Reine & tous ſes charmes
Ne ſont que de foibles armes
Pour vous donner un vainqueur ?
Quel eſt le rang deſirable,
Quel eſt donc l'objet aimable
Qui peut toucher votre cœur ?

ST. PHAR.

Aline!... Mais c'eſt trop abuſer de ma peine:
Pourquoi me retient-on dans ce triſte palais?
De quel droit m'arrêter?

ZÉLIS.

Seigneur, voici la Reine:
Peut-être en voyant ſes attraits,
Votre front rougira d'avoir craint une chaîne
Qui doit remplir tous vos ſouhaits.

SCÈNE III.

ZÉLIS, ST. PHAR, LA REINE, *le viſage couvert de ſon voile.*

ZÉLIS.

MADAME, c'eſt en vain...

ST. PHAR.

O ciel! qu'ôſés-vous dire?

ZÉLIS.

Vos appas...

ST. PHAR

St. *PHAR.*

Arrêtés ! ..

ZÉLIS.

Votre main, votre empire,
Ne ſont rien à ſes yeux :
Aline, une bergere eſt l'objet précïeux....
Aline eſt tout ce qu'il deſire.

St. PHAR à la Reine.

Ah ! n'avés-vous jamais aimé ?
Pardonnés aux tranſports d'un cœur trop enflâmé.

Le premier trait que l'Amour lance,
Reſte tout entier dans un cœur ;
Le tems n'a point de puiſſance
Sur une premiere ardeur :
Vainement d'une autre flâme
On écoute les tranſports ;
Tout ramene dans notre âme
Des regrèts, ou des remords.

J'ai retrouvé celle qui m'étoit chere ;
J'ai retrouvé l'objet de tous mes vœux ;
Eſt-elle moins ce que j'aime le mieux,
Pour n'être, hélas ! qu'une bergere ?
Je vous offenſe, o ciel ! mais la trahir,

Mais vous tromper, par un perfide hommage;
Être paré de vos dons, en gémir,
Vous offenseroit davantage!

LA REINE, ôtant son voile.

Quel moment!
Cher amant.

St. PHAR.

Aline!

LA REINE.

Oui, la même.

St. PHAR.

Aline! o ciel! où suis-je transporté?

ALINE.

Dans mon palais. St. Phar quelle félicité!

St. PHAR.

Quel Dieu, quel coup du sort; par quel pouvoir suprême?..
Quoi! vous regnés dans ce séjour!
Mon Aline, ah, c'est un prestige!

ALINE.

La fortune a fait un prodige
Pour en faire hommage à l'amour,

Si l'éclat du dïadême
Peut ajoûter au bonheur,
C'eſt à l'inſtant que le cœur
Peut l'offrir à ce qu'il aime.

St. PHAR.

Si l'éclat du dïadême
Peut ajoûter au bonheur,
C'eſt à l'inſtant que le cœur
Le reçoit de ce qu'il aime.

Quoi! le deſtin t'offre à mes vœux:
Eh, qu'importe reine, ou bergere?

LA REINE.

Sur le trône, ou ſur la fougere,
L'amour ſeul peut nous rendre heureux.

ENSEMBLE.

Si l'éclat du dïadême, &c. Si l'éclat du dïadême, &c.

ZÉLIS.

Mais quel bruit... il augmente... & le ſon des tambours...

SCÈNE IV.

LA REINE, ZÉLIS, ST. PHAR, USBEK.

USBEK.

IL faut, il faut un prompt secours :
Des français mutinés venés punir l'audace ;
Ils ont forcé la garde, & déjà dans la place
Leur drapeau leur sert de signal ;
Ils demandent leur général.

LA REINE.

Paroissés, cher St. Phar ! contentés leur envie.
(*à Usbek*)
Et vous, que cette fête annonce à mes sujèts
Un jour heureux, un jour de paix,
Et le plus brillant de ma vie.

SCÈNE V.

Le théâtre change ; il représente la principale porte du palais : les troupes golcondoises en défendent l'entrée ; les français paroissent du côté opposé.

OFFICIERS & SOLDATS, FRANÇAIS & GOLCONDOIS.

PEUPLES *Golcondois.*

LE *CHŒUR.*

FRANÇAIS.

REndés-nous notre général ;
Redoutés cet instant fatal !
Brisons les portes dn palais ;
Enfonçons-les, enfonçons-les.

GOLCONDOIS.

REdoutés cet instant fatal,
Redoutés cet instant fatal !
Vous allés savoir son destin ;
Attendés l'ordre souverain ;
Ecoutés, français, écoutés.

SCÈNE VI.

ST. PHAR, *les* OFFICIERS & SOLDATS FRANÇAIS & GOLCONDOIS.

ST. PHAR paroît sur le perron de la principale entrée du palais.

ARrêtés, soldats ! arrêtés.

Les FRANÇAIS & les GOLCONDOIS.

Vive St. Phar.

ST. PHAR.

Amis, votre zele m'enchante !
Mais, loin de prodiguer des jours trop précïeux,
Partagés les plaisirs d'une fête charmante ;
Que mon bonheur vous rende heureux.

(*Les soldats se retirent sur une marche.*)

SCÈNE VII.

(Le théâtre change, & représente un jardin dans le goût asiatique, orné pour une fête.)

USBEK, ZÉLIS, PEUPLES GOLCONDOIS.

(On danse.)

USBEK.

PEuples, la Reine a fait un choix;
Le Général français partage sa couronne,
Les grands le placent sur le trône:
Suivés, suivés ses loix.

(On danse.)

LE CHŒUR.

Suivons les loix
Du roi qu'elle nous donne;
Sa couronne
Est digne de son choix.

Qu'il s'éleve au rang des plus grands rois:
Qu'il nous conduise à la victoire;
Qu'il respecte toûjours les dieux:

A rendre ses peuples heureux
Qu'il mette ses plaisirs, son bonheur & sa gloire.

(*La* REINE *paroît.*)

(*On danse.*)

(*Une simphonie champêtre annonce les* BERGERS.)

SCÊNE

SCÈNE DERNIÈRE.

LA REINE, ST. PHAR, *les* PEUPLES GOLCONDOIS & *les* FRANÇAIS, USBEK, ZÉLIS, *les* BERGERS & BERGERES *du hameau d'*ALINE.

LA REINE, aux BERGERS.

VEnés, bergers, venés vers votre mere;
Pour moi votre aſpect eſt ſi doux!
L'amour doit brîſer la barrière
Que le reſpect éleve entre le thrône & vous.

(*On danſe.*)

Un BERGER & une BERGERE.

Nous nous approchons en tremblant,
Mais votre bonté nous raſſure;
Pour nous quel moment!
Qu'il eſt charmant,
Pour la tendreſſe la plus pure!

Venés, revenés dans nos champs;
L'Amour ſe plaît tant où vous êtes!
Il ne ſe livre aux plus doux chants,

Que d'accord avec les muſettes :
Chés nous les deſirs
Et les ſoûpirs,
Offrent des voluptés parfaites.

LE *BERGER.*

Le faſte brillant de la Cour,
Et qui ſuit la toute-puiſſance,
Prépare à l'amour
Un plus beau jour
Dans la paix & dans le ſilence.

Vous répandés ſur ces climats
Les thréſors de la bienfaiſance,
Vous faites regner ſur vos pas
Les loix, la paix, & l'abondance;
Et c'eſt
Dans les cœurs de vos ſujèts
Qu'Amour en met la récompenſe.

Le VIEILLARD, les BERGERES & le CHŒUR.

Ce dieu vous appelle, & ſes doux accents
Vous diſent : venés, revenés dans nos champs.

L'Amour, &c.

(*On danſe.*)

LA REINE.

O Souverains qu'admire l'univers,
Volés, volés de victoire en victoire;
Aux lauriers qui me sont offerts,
L'Amour fait mettre un prix plus charmant que la gloire.

Regner sur le cœur
Du Héros que j'aime,
Est le vrai bonheur
Est le bien suprême.

O Souverains, regnés sur l'univers,
Volés, volés de victoire en victoire;
Aux lauriers qui me sont offerts,
L'Amour fait mettre un prix plus charmant que la gloire.

(*Contredanse générale qui termine l'Opéra.*)

FIN DU TROISIEME ET DERNIER ACTE.

APPROBATION.

J'AI lu, par ordre de Monseigneur le Chancelier, *LA REINE DE GOLCONDE*, Opera, & je crois qu'on peut en permettre l'impression. A Paris ce 14 Mai 1772.

MARIN.

www.ingramcontent.com/pod-product-compliance
Lightning Source LLC
LaVergne TN
LVHW010003230826
846092LV00002B/619

* 9 7 8 2 3 2 9 6 7 2 7 6 2 *